最近 恋をしてますか?

saikin koi wo sitemasuka?
Kaede Rui

楓 流衣

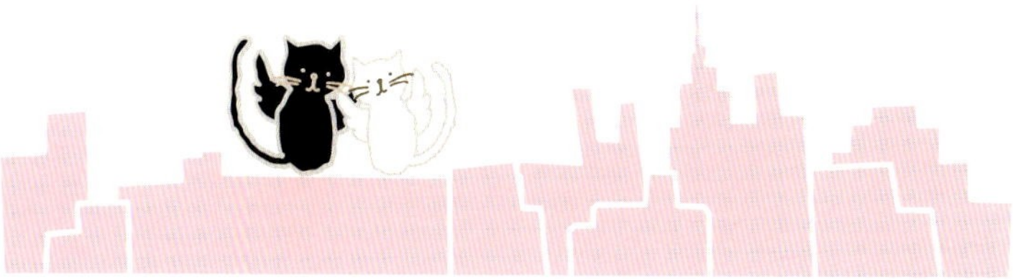

文芸社

POWER

恋のチカラってすごい！

でも

失恋のチカラもけっこうすごいっ!!

Go！

過去はただの足あとじゃないでしょ？
未来はただの足かせじゃないでしょ？

もがいて苦しんで。
笑って大爆笑して。

いちいち理由なんてつけてくの？
イマイチな言い訳なんているの？

思いつくまま突き進め！
そんな今が全部になる！

「私」になっていくんだっ！

幸せの達人

コーヒーの湯気を眺めながら。
目を閉じてボォ——ッとしてると。
浮かんでくるのは…。
あっ…眉間にシワが（涙）
やっぱしココで口元が「ニヤリ」じゃないと。
失敗しても。
ヤなコトあっても。
楽しいコトを発見できる。
思わずニンマリしてしまう。
目指すはそんな「幸せの達人」‼

私の特権かも。

いっつもキリリ。
ちょっとかっこいい。
しゃべると面白いんだけど。
あんまししゃべらないヒト。
ごはんを食べるとき。
子どもみたいにがっついてる。
とても美味しそうに食べてる。
それがなんだかかわいくて。

乾杯♪

最近。
視線の先の世界には
あなたがいることが多くて。
いつもと変わんないあなたを
頬杖ついたまま
ただぼんやり見てて。
目が合っただけなのに
やけに睨んでみたり（笑）
でも帰りの電車の中
イヤホンから流れる音楽は
なぜか片想いっぽい曲で。
家でひとりで飲むビールは
ちっとも美味しくなくて。
たとえば何が好きなのか。
居酒屋とかのほうがいいのかな。
とか。
頬杖ついたまま
ただぼんやり考えてて。
目が合ったこと思い出したら
今更照れくさくなったりで。
これはやられてるなって
おかしくなっちゃって。
うれしくなっちゃって。

わがままの理由

わりとなんでもこなしちゃう
わりといろいろ知っている
わりと天然入ってる

あなたは少し年下だけど
けっこう負けてるおねーさんな私（笑）

でも
なかなかホンネを見せてくれない
笑顔の向こう側が見えてこない

だからかな

あなたの困ったような笑顔
ちょっと好き

明日会えるかもっ♪

どーしてこんなにうれしいのに
どーしてこんなにドキドキなのに

ホンキの想いを
恥ずかしいとか思っちゃう

確信すればするほどに
無意識に冷める要素を探してる

ツライ恋もしたけれど
またサイコーな恋をしたいじゃない

強気で臆病な
めんどくさい私の恋

今、始まる！

なんちゃって（笑）

ダメだぁぁぁ〜（泣）

恋のアドバイスは
いっちょまえにできるのに
自分の恋はてんでダメ
だれかアドバイスちょーだい（泣）

時間

キモチを少しだけ忍ばせたメール
返事を待ってる時間って
お湯を入れて
３分待つ時間みたいで
待ってみるとけっこう長い

深夜のチカラ

ふだん言えないよーなことが言えちゃう
恥ずかしくて書けないよーなことが書けちゃう
そして
朝には悶えてる
私がいる（笑）

名前

なんとなく

あなたの名前をつぶやいた

「好き」って自然に続いた

ニヤニヤが止まらなかった

ホレてるなって

今更だけど実感した

いろいろ考えちゃうんです。

ただただ
気持ちだけで動けることが
どんなに素敵で
どんなに難しいか
痛いほど感じた
今日この頃

キモチひとつで

なんとかなるっ！
もしもダメなときは？
なんとかするっ！
それでもダメなときは？
なるようになるっっ‼（笑）

ちゃんす!?

少しだけ。
ちょびっとだけ。
望みが叶っちゃうと。
すっごい期待しちゃう。

ずっと2番目

「居心地のいい場所」

は

「1番」にはなれない

失恋

それでも
好きなひとの
恋の背中を押すって
どんな気持ちなんだろう

大切な人の好きな人

どーして神様は
あの人と私を
出会わせたりしたんだろ

リスク

恋愛というリスクなんかで失いたくないひと
恋愛というリスクを冒してでも一緒にいたいひと

ひとりじゃないから

みんなシアワセに
なりたいだけなのに
どうしてこんなにも
うまくいかないんだろ？

天秤

あなたが天秤にかけてるのは
生暖かい過去と
氷漬けされた未来
フォークでケーキをつつくように
傾けてるのは今のあなた
ねぇ?
いつまでそんなことを繰り返してるの?
あなたが願えば
未来は簡単に溶け出すのに
どんなに願っても
過去はもう変わらないのよ

パッチワークな告白

思ってることが
いつも上手く言葉に出来なくて
パッチワークみたいな私の台詞を
あなたは好きだといってくれる
ちゃんと伝わってるのか
いつも不安なんだけど
あなたのやさし一笑顔に
ついつい甘えちゃう
でもね
あなたがどう思ってるのか
知りたくなることもあるけど
私がどう思ってるのかは
きちんと伝えたいと思ってる
今日この頃の私なのです

あなたに会えてよかった

誰も入ってこないでと。
たくさん壁をつくってたのに。
あっさり壊された。
あなたが壊したんだよ。
私はきっと変わっちゃう。
今までの私を嫌ってしまうかのように。
たくさんの「痛い」を知ってるから。
このままでいいと思う毎日でよかったのに。
私はきっと変わっちゃう。
「明日」に何度でも期待をかけてしまう。
そしてきっとフツーに笑えるようになる。
あれほど「いつか」を願っていた日々。
あれほど鏡が嫌いだった日々。
あなたが変えたんだよ。
でも責任は取らないで。

片方だけの恋

ひとつ。
あなたのことを知った。

またひとつ。
私の気持ちを知った。

ひとつ。
あなたのことがわからなくなった。

またひとつ。
私の気持ちがわからなくなった。

ずっと想い続ければ
埋まっていくと思ってた溝。

あなたのことを知るほどに
高く高くなっていく壁。

大切に思ってくれるなら
もっと大切に思われてほしい。

好きだと思ってくれるなら
気持ちをちゃんと受け止めてほしい。

気持ちのど真ん中さえ変わらなければ
どんなに揺らいでも大丈夫だと。

涙で揺らぎっぱなしの私の世界を
あなたの指で拭ってほしい。

あなたの世界のはしっこにいる
私のこと見つけてください。

私の世界の中心は
あなたのままがいい。

素直に。

用事は特に無いです。
ご飯も食べちゃいました。
観たいTVは今日はないです。
どっかに遊びに行きたいわけでもないです。
ただ。
会いたいです。
あなたを視界に入れたいです。
それだけです。
あ。
できれば。
ギュッてしてほしいかも。
今夜。
いまこの瞬間。
あなたに会いたいです。

17日目。

２週間は我慢できた。
でも３週間は無理っぽい。
新しい「今日」は
次から次へとやってくるのに。
会えないのと会いたいのが
ゴチャゴチャになって。
そろそろメールじゃ不満です。
電話の声じゃ物足りない。
生の声が聞きたい。
あなたの体温に触れていたい。
青い空も。
紅い空も。
群青の空も。
ひとりで見たって寂しいもん。
決めた。
明日絶対会いに行く。
会ってくれなきゃ泣いてやる。

ピンク

設定してた色のランプが
点滅すれば
斜めになってた機嫌も直る
そんなもんだよ（笑）

ただいま遅刻中。

急ぐ。
急ぐ。

走っていくと。
会えるのが。
すっごいウレシイって。
思われるから。

早歩きで。
競歩並みに。
急いでませんけど？
みたいな空気で。

前髪が。
ふわふわ揺れるくらいに。
でもゆるんだ顔は。
隠せないまま。

急げ。
急げ。

ぴとっ♪

つないだ手を
ひとつのポケットに押し込めて
ちょっと窮屈だけど
その分くっつけられる
冬のデートはこうでなくちゃ♪

つないだ手。

手をつないでいるだけで
いろいろ繋がってる気がしちゃう。
そう思っただけでキュンてなる。
またニヤニヤが止まらなくなる。
つないだ手をブンブンしたくなる。
うれしくて。
うれしくて。

37.2℃

あなたの手のひらが
おでこに触れると
熱が少しだけあがって
私はれっきとした
病人になれる（笑）

なんだかいつもより
やさしい気がして
ついつい
このままがいいとか
思ってしまう

漢方薬より
私にやさしい
あなたの手のひら
魔法のくすり

相合傘

雨の日は
傘の中で
距離が近くなるから
ちょっと好き

散歩道

手をつないでるだけ。
それだけのことなのに。
気持ちまでつながってるみたいで。
なんだかうれしいの。
だからね。
も少しこのまま歩きましょ。

けっこう不便な携帯電話!?

会えば解決しそうな
アレやコレや。

それでも行かない
私のおバカ。

メールと電話で
ねじれにねじれてる素直な気持ち。

プロペラつけたら飛べちゃうほど
溜まってる想いとストレス。

誰か私を連れてって。
もしくはヤツを連れてきて。

Boooo！

たくさん会えて。
いっぱいしゃべって。

こんな日は。
夢にまで登場してくれるのに。

全然会えなくて。
声が聞きたくて。

そんな日に限って。
夢にすら現れない。

圏外

勘ちがいな
ケンカの種だけ
届きやすい場所にある

一番大事な
キモチだけ
届きにくい場所にある

あなたも
わたしも

会いたい

この「寂しい」って気持ち
とっても大事だと思うの

だってこれがないと
きっとあなたに会えても
「うれしい」って
感じなくなっちゃう

でも
寂しすぎるとふくれちゃうので
早く来るよーに!

初恋のように

何歳になっても
恋はしたい
あなたに何度でも
恋するかもしれないし
いろんなひとに
一目惚れしては
やっぱり
あなたなのかもしれないし
でもね
そのたびに
出会った頃の気持ち
思い出せたら
覚えてくれてたら
素敵だと思わない？

布団の中から送信中

カラダがだるい。
アタマがいたい。

誰がどー見ても
風邪だな。

そして
これから始まる
天使と悪魔の戦い。

名付けて！
「うつしたくないけど側にいてほしいっ‼」

…。

……。

……………悪魔勝っちゃえ（笑）。

シアワセ

真夜中に目が覚めたとき
あなたの心臓の音が
ドクンドクンって聞こえる
この安心感に
私は「シアワセ」と名付けよう

in the sky

猫みたい。
ホント器用にキレイに
丸まって寝てるあなた。
あくびしては
むにゃむにゃ言いながら
口ぐせのように
私の名前を呼ぶ。
この人にとって
私は空らしい。
空がないと
雲は浮かぶところがないんだって。
猫みたいで。
雲みたいで。
あなたはホントに捕まえられない。
なのに手の届くところに
いつもいてくれる。
「ありがとう」なんかじゃ
全然足りない。
私はサイコーにしあわせなの。
ちゃんとわかってる（笑）？

幸せのミルフィーユ

みんな
積み重ねた時間や想いは
やっぱ
それぞれどこか違ってて
幸せなんて
比べたりするもんじゃ
ないのかもしれないけど
やっぱ
私たちが一番だな、うん(笑)

あなたのいる恋。

階段を上ってくる足音で
最近あなたがわかるようになった。

ピンポーンのあとに
ドアの向こうから聞こえる声が
なんだかうれしくて。

それなりに長い付き合いなのに
いつも照れたような表情。

私がニマニマしてると
困ったよーに頭を撫でてくれる。

髪を内緒で切ったって
気付くんだから大したものだ。

私の時間にあなたがいてくれる日々。
手を握ったら返してくれるやさしーチカラ。

もう私でいいじゃない?
このまま私とでいいじゃない?

冗談でもなかなか聞けない。

だからめいっぱい笑ってたい。

それが今の恋。

お願い。

伝わるもんだと思ってた。
だってそれが「恋人」ってやつだと
思ってたんだもん。
携帯を何度も見て
何度も胸の奥が痛くなって
それでも会えた瞬間には
うれしい気持ちが勝っちゃう。
頼りっぱなしの
私の1/10でもいいから
「会いたい」
って思ってほしい。
それだけで胸の痛みも乗り越えられる。
お願い。

ワガママですか？

毎日会わなくてもいい。
いつも一緒じゃなくてもいい。
そのかわり。
寂しさを感じさせないで。
ひとりを感じさせないで。

always

どうしてそんなに
優しい目をするの？
不安になるじゃない。

大嫌い

あなたが嫌いなんじゃない

あなたに嫌われたくない

そんな自分が大嫌い

ひとつだけ。

何もかもを失うのは嫌だから。

せめて。

あなたを傷つけた事実だけ。

覚えておこう。

勇気

恋を始める勇気より

きっと

恋を終わらせる勇気のほうが

ずっと強い

私

あなたの中に残るなら。

一生消えない。

傷だってかまわない。

0%

なにひとつ勝てない。
なんにも勝てない。

「気持ちだけは負けない」。
そんな自信さえ。

選ばれなかった私の想いは。
もうなにも「選べない」。

大切なひと

あなたが楽になるのなら
私のこと
嫌いになっていいよ。

私は変われないけど。

さよなら

とってもがんばった
泣くのを我慢している子どもみたいに
アゴにいっぱいシワをつくって
胸の中がきゅーってなって
まるでココロが絞られてるみたいで
さらりと見送るはずだったのに
ぶちゃいくな顔のまま
お別れした

真昼の月

ずっとじゃないけど
ずっとを願う時間

それは永遠じゃなかったけど
永遠に残るものだと思いたい

涙も
笑顔も

ごめんなさいも
ありがとうも

すべてが
「あなた」だった日々

それはまるで
真昼に浮かぶ月のように

儚く消えてしまいそうな
想いかもしれないけれど

闇夜に確かに届く
やさしい光

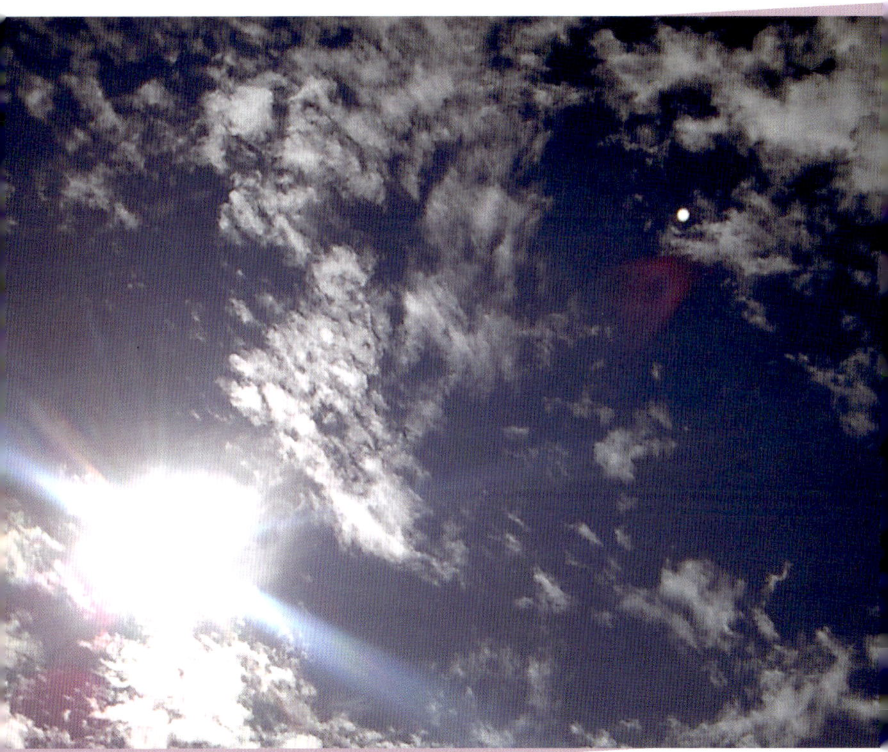

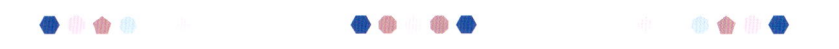

remember me！

忘れたくない人がいて。

いや。

忘れて欲しくない人がいて。

こんな終わりになっちゃったけど。

最後までひとりよがりな恋だったけど。

ふいに思い出してくれる。

そんな瞬間がいつか来て欲しい。

イイ女でもバカな女でもいいから。

通った道はひとつだけ。

選んだ未来がある
じゃあ
選ばれなかった未来は？

あなたのいない恋。

ベッドのはしっこで眠る日々。

ケーキを２個買っちゃう習慣。

階段を上がる音でドアを見る癖。

携帯のメール問い合わせ確認。

あなたの休日の私の予定。

同じタイプの車の助手席が気になる。

私はどーしたい？

私はなにやってるんだろ？

あなたの残像が毎日の中にいて。

あなただけがいない私の毎日。

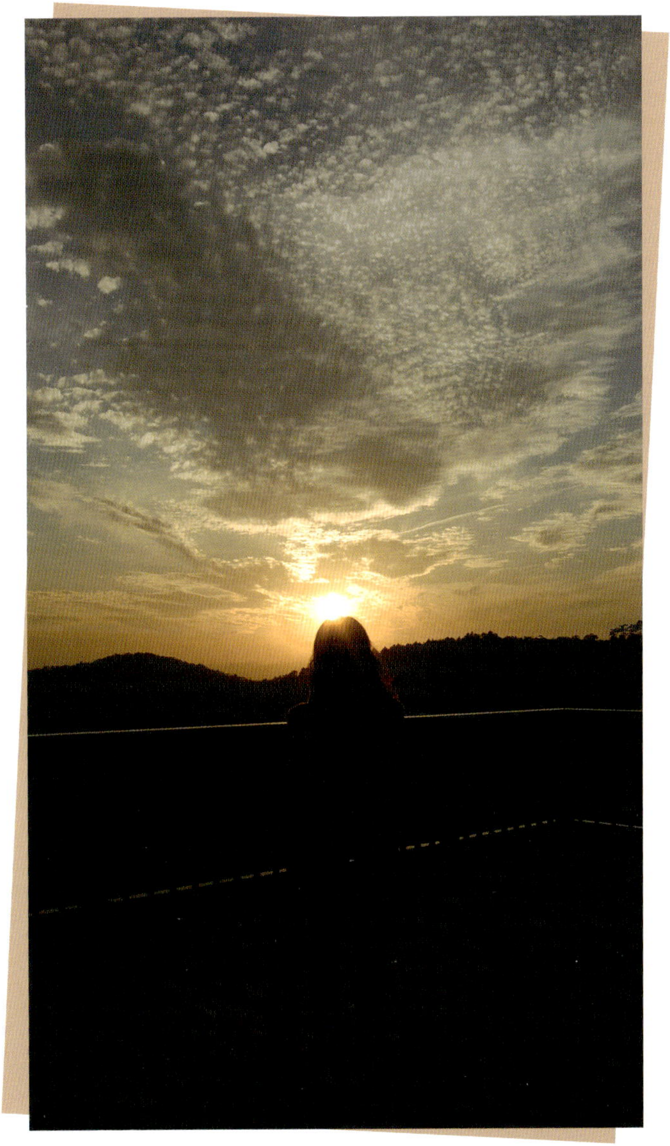

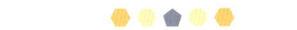

朝

「こんなはずじゃなかった」って思った

でも

「どんなはずだったんだろ？」って思った

なんだかおかしかった

うまくいきすぎることも
たまにはあるけど

ヤなことのあとの
ちっちゃないいことって
意外とたくさんある

夜が明けたら
また始まりがあるんだ

がんばろぅ

ココロの中まで
なかなか元気になれない。
そこにわざわざ気付いてくれる人がいる。
だからも少しがんばれる。
ここ最近のワタクシ事情なのです。

さんきゅ。

ありがとう

誰かのためというなら
いつか同じにおいの人に
出会ったとき
私がもらった言葉を
私の言葉で伝えたい

ヤサシイ過去

その一歩を踏み出さなきゃ
確信に変わるものなんてない

想像の世界で
無駄な時間を過ごせばいい

世界が待っていてくれてるうちに
ここから抜け出そうよ

私は行くよ
もう手は引かない

行き先がもしも同じ場所だったなら
そこで待ってるから

メッセージ

届かなくても
消えるまで想い続ける
それを私は臆病なのだと思った
ほかに行く宛てのない
弱虫な感情だと

誰もが憧れるように
ため息をつく
もっともらしい理由であきらめてきた
正論だと言い聞かせながら
それが「大人」なのだと

相手を思うからなんて
都合のいい建前
自分の気持ちも処理できない
そんなひとに本当にわかる？
相手の気持ちなんて

カッコ悪くても
情けなくても
這いつくばって泣いたって
片方の未来は自分が持ってる

誰かに託すな
自分の想いに胸を張れ

私も変わってく?

私が変わらなくても
まわりはどんどん変わっちゃう
まるで私を置いてくように

大好きなお菓子が
ある日突然
お店から消えていた
あの寂しさにも似た哀しみが
次のお気に入りを見つけたときの
よろこびに変わるように

ひとつひとつは
とてもとても大切で
代わりなんてないものだけど

友情も愛情も
ずっと同じじゃないから
きっと続いてく

"今"が"ずっと"であるのなら
きっとなにも変わらない

そんな時間を"幸せ"と思っていたかもしれない

郵便はがき

料金受取人払郵便

新宿支店承認

3741

差出有効期間
平成22年10月
31日まで

(切手不要)

| 1 | 6 | 0 | - | 8 | 7 | 9 | 1 |

843

東京都新宿区新宿1-10-1

㈱文芸社

愛読者カード係 行

ふりがな お名前				明治 大正 昭和 平成	年生 歳
ふりがな ご住所	□□□-□□□□				性別 男・女
お電話 番　号	(書籍ご注文の際に必要です)		ご職業		
E-mail					
書　名					
お買上 書店	都道 府県	市区 郡	書店名		書店
			ご購入日	年　　月　　日	

本書をお買い求めになった動機は?
1. 書店店頭で見て　2. 知人にすすめられて　3. ホームページを見て
4. 広告、記事(新聞、雑誌、ポスター等)を見て (新聞、雑誌名　　　　　　　　　　)

上の質問に1.と答えられた方でご購入の決め手となったのは?
1. タイトル　2. 著者　3. 内容　4. カバーデザイン　5. 帯　6. その他(　　　　)

ご購読雑誌(複数可)	ご購読新聞
	新聞

文芸社の本をお買い求めいただき誠にありがとうございます。
この愛読者カードは今後の小社出版の企画等に役立たせていただきます。

本書についてのご意見、ご感想をお聞かせください。 ①内容について ②カバー、タイトル、帯について
弊社、及び弊社刊行物に対するご意見、ご感想をお聞かせください。
最近読んでおもしろかった本やこれから読んでみたい本をお教えください。
今後、とりあげてほしいテーマや最近興味を持ったニュースをお教えください。
ご自分の研究成果や経験、お考え等を出版してみたいというお気持ちはありますか。 ある　　　ない　　　内容・テーマ（　　　　　　　　　　　　　　）
出版についてのご相談（ご質問等）を希望されますか。 　　　　　　　　　　　　　　する　　　　　　しない

ご協力ありがとうございました。
※お寄せいただいたご意見、ご感想は新聞広告等で匿名にて使わせていただくことがあります。
※お客様の個人情報は、小社からの連絡のみに使用します。社外に提供することは一切ありません。

■書籍のご注文は、お近くの書店または、ブックサービス（☎0120-29-9625)、
セブンアンドワイ（http://www.7andy.jp）にお申し込み下さい。

出会えてよかったって
ホントに思ってるの

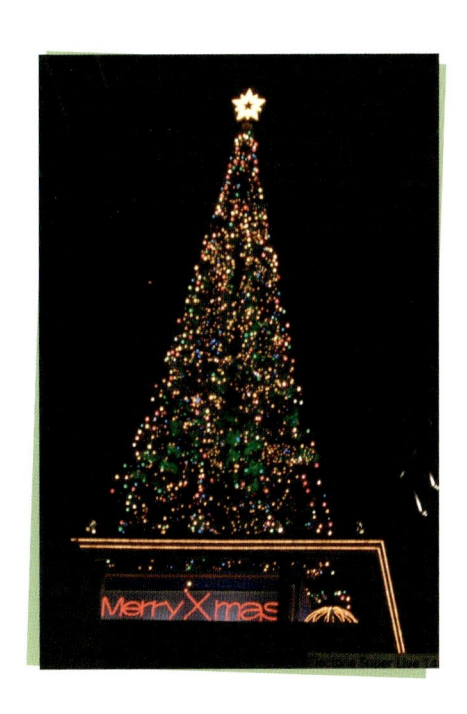

over

12月の空はとても高くて
うすい青には雲もなく
見上げればきりがないのに
いつまでもぼぉ〜っとしていたくなる
何を考えるでもなく
誰を想うわけでもない

目線を落とせばいつもの街が広がり
知らない人たちが歩いてる
誰とも言葉を交わさない日は
わりとよくあるけど
そんなことにすら気付かない日々もよくある
歩いてるほうが前だと思いたくて
がむしゃらにそっちだけを見てる

キョロキョロしてるのは
本当に迷ったことに気付いたからでしょ？

上を見れば空があって
下を見れば自分の足が見える
そこが今いる場所なんだ
愚痴ったって誰かのせいにしたって
自分で歩いて辿り着いた場所なんだ

それでも立ち止まったなら
きっとそーいう時なんだよ
目をそらさずにしっかり悩まなきゃ

だいじょうぶ
流されずに立ち止まれた勇気は
強い心の証拠
また歩きたいと思う想いの強さ

誰かや何かと比べなくていい
そこにいるなら何か意味がある
誰かが立っていたかもしれないその場所に
いまこうして立っているのだから

行き先は決まった
そろそろ行こうか
小さくても光の見えるほうへ
暗闇の中でも
光り輝く足あとを残して

著者プロフィール

楓 流衣(かえで るい)

1975年12月2日生まれ。
岡山県英田郡西粟倉村出身。岡山県在住。
2003年「最近 空を見上げてますか?」、
2004年「最近 ちゃんと泣いてますか?」
を文芸社より刊行。

最近 恋をしてますか?

2009年2月14日　初版第1刷発行

著　者　　楓　流衣
発行者　　瓜谷　綱延
発行所　　株式会社文芸社
　　　　　〒160-0022　東京都新宿区新宿1-10-1
　　　　　　　　　　電話　03-5369-3060（編集）
　　　　　　　　　　　　　03-5369-2299（販売）

印刷所　　神谷印刷株式会社

© Rui Kaede 2009 Printed in Japan
乱丁本・落丁本はお手数ですが小社販売部宛にお送りください。
送料小社負担にてお取り替えいたします。
ISBN978-4-286-06078-1